Johann Wolfgang von Goethe

Venetianische Epigramme

Johann Wolfgang von Goethe

Venetianische Epigramme

ISBN/EAN: 9783337353254

Hergestellt in Europa, USA, Kanada, Australien, Japan

Cover: Foto ©Andreas Hilbeck / pixelio.de

Weitere Bücher finden Sie auf **www.hansebooks.com**

Johann Wolfgang Goethe

Venetianische Epigramme

1795

I-CIII Von Goethe verᴎffentliche Epigramme (Text der
zweiten Cotta-Ausgabe der "Werke" von 1815)

◇: die spitzen Klammern enthalten unsichere Lesarten und
Konjekturen

I.

Sarkophagen und Urnen verzierte der Heide mit Leben.
Faunen tanzen umher, mit der Bacchantinnen Chor
Machen sie bunte Reihe; der ziegengefьяete Pausback
Zwingt den heiseren Ton wild aus dem schmetternden
Horn.
Cymbeln, Trommeln erklingen; wir sehen und hцren den
Marmor.
Flatternde Vцgel! wie schmeckt herrlich dem Schnabel die
Frucht!
Euch verscheuchet kein Lдrm, noch weniger scheucht er
den Amor,
Der in dem bunten Gewьhl erst sich der Fackel erfreut.
So ьberwдltiget Fьlle den Tod; und die Asche da drinnen
Scheint, im stillen Bezirk, noch sich des Lebens zu freun.
So umgebe denn spдt den Sarkophagen des Dichters
Diese Rolle, von ihm reichlich mit Leben geschmьckt.

II.

Kaum an dem blaueren Himmel erblickt' ich die glдnzende
Sonne,
Reich, vom Felsen herab, Epheu zu Krдnzen geschmьckt,
Sah den emsigen Winzer die Rebe der Pappel verbinden,
Ueber die Wiege Virgils kam mir ein laulicher Wind:
Da gesellten die Musen sich gleich zum Freunde; wir pflogen
Abgeriss'nes Gesprдch, wie es den Wanderer freut.

III.

Immer halt' ich die Liebste begierig im Arme geschlossen,

Immer drängt sich mein Herz fest an den Busen ihr an,
Immer lehnt mein Haupt an ihren Knieen, ich blicke
Nach dem lieblichen Mund, ihr nach den Augen hinauf.
Weichling! schalte mich Einer, und so verbringst du die
Tage?
Ach, ich verbringe sie schlimm! Höre nur, wie mir
geschieht:
Leider wend' ich den Rücken der einzigen Freude des Lebens;
Schon den zwanzigsten Tag schleppt mich der Wagen dahin.
Vetturine trotzen mir nun, es schmeichelt der Kämm'rer,
Und der Bediente vom Platz sinnet auf Lügen und Trug.
Will ich ihnen entgehn, so faßt mich der Meister der Posten,
Postillone sind Herrn, dann die Dogane dazu!
"Ich verstehe dich nicht! du widersprichst dir! du schienest
Paradiesisch zu ruhn, ganz, wie Rinaldo, beglückt."
Ach! ich verstehe mich wohl: es ist mein Körper auf Reisen,
Und es ruhet mein Geist stets der Geliebten im Schoß.

IV.

Das ist Italien, das ich verließ. Noch stäuben die Wege,
Noch ist der Fremde geprellt, stell' er sich, wie er auch will.
Deutsche Redlichkeit suchst du in allen Winkeln vergebens;
Leben und Weben ist hier, aber nicht Ordnung und Zucht;
Jeder sorgt nur für sich, mißtraut dem Andern, ist eitel,
Und die Meister des Staats sorgen nur wieder für sich.
Schön ist das Land; doch, ach! Faustinen find' ich nicht
wieder.
Das ist Italien nicht mehr, das ich mit Schmerzen verließ.

V.

In der Gondel lag ich gestreckt und fuhr durch die Schiffe,
Die in dem großen Kanal, viele befrachtete, stehn.
Mancherley Waare findest du da für manches Bedürfniß,
Weizen, Wein und Gemüs, Scheite, wie leichtes Gesträuch.
Pfeilschnell drangen wir durch; da traf ein verlorener Lorber
Derb mir die Wangen. Ich rief: Daphne, verletzest du mich?
Lohn erwartet' ich eher! Die Nymphe lispelte lächelnd:
Dichter sünd'gen nicht schwer. Leist ist die Strafe. Nur zu!

VI.

Seh' ich den Pilgrim, so kann ich mich nie der Thränen
enthalten.
O, wie beseliget uns Menschen ein falscher Begriff!

VII.

Eine Liebe hatt' ich, sie war mir lieber als Alles!
Aber ich hab' sie nicht mehr! Schweig', und ertrag' den
Verlust!

VIII.

Diese Gondel verglich ich der sanft einschaukelnden Wiege,
Und das Kästchen darauf scheint ein geräumiger Sarg.
Recht so! Zwischen der Wieg' und dem Sarg wir schwanken
und schweben
Auf dem großen Kanal sorglos durch's Leben dahin.

IX.

Feyerlich sehn wir neben dem Doge den Nuncius gehen;
Sie begraben den Herrn, einer versiegelt den Stein.
Was der Doge sich denkt, ich weiß es nicht; aber der Andre
Lächelt über den Ernst dieses Gepränges gewiß.

X.

Warum treibt sich das Volk so, und schreit? Es will sich
ernähren,
Kinder zeugen, und die nähren, so gut es vermag.
Merke dir, Reisender, das, und thue zu Hause desgleichen!
Weiter bringt es kein Mensch, stell' er sich, wie er auch will.

XI.

Wie sie klingeln, die Pfaffen! Wie angelegen sie's machen,
Daß man komme, nur ja plappre, wie gestern so heut!
Scheltet mir nicht die Pfaffen: sie kennen des Menschen
Bedürfniß!
Denn wie ist er beglückt, plappert er morgen wie heut!

XII.

Mache der Schwärmer sich Schüler, wie Sand am Meere - der
Sand ist
Sand, die Perle sey mein, du, o vernünftiger Freund!

XIII.

Sehn den sprossenden Klee mit weichlichen Füßen im
Frühling,
Und die Wolle des Lamms tasten mit zärtlicher Hand;
Sehn voll Blüthen zu sehn die neulebendigen Zweige,
Dann das grünende Laub locken mit sehnendem Blick.
Aber süßer, mit Blumen dem Busen der Schäferinn
schmeicheln;
Und dies vielfache Glück läßt mich entbehren der May.

XIV.

Diesem Ambos vergleich' ich das Land, den Hammer dem
Herrscher:
Unter dem Volke das Blech, das in der Mitte sich krümmt.
Wehe dem armen Blech! wenn nur willkürliche Schläge
Ungewiß treffen, und nie fertig der Kessel erscheint.

XV.

Schüler macht sich der Schwärmer genug, und rühret die
Menge,
Wenn der vernünftige Mann einzelne Liebende zählt.
Wunderthätige Bilder sind meist nur schlechte Gemählde:
Werke des Geist's und der Kunst sind für den Pöbel nicht da.

XVI.

Mache zum Herrscher sich der, der seinen Vortheil verstehet:
Doch wir wählten uns den, der sich auf unsern versteht.

XVII.

Noth lehrt beten, man sagt's; will einer es lernen, er gehe
Nach Italien! Noth findet der Fremde gewiß.

XVIII.

Welch ein heftig Gedränge nach diesem Laden! Wie emsig
Wägt man, empfängt man das Geld, reicht man die Waare
dahin!
Schnupftaback wird hier verkauft. Das heißt sich selber
erkennen!
Nieswurz holt sich das Volk, ohne Verordnung und Arzt.

XIX.

Jeder Edle Venedigs kann Doge werden; das macht ihn
Gleich als Knaben so fein, eigen, bedächtig und stolz.
Darum sind die Oblaten so zart im katholischen Welschland;
Denn aus demselbigen Teig weihet der Priester den Gott.

XX.

Ruhig am Arsenal stehn zwey altgriechische Löwen;
Klein wird neben dem Paar Pforte, wie Thurm und Kanal.
Käme die Mutter der Götter herab, es schmiegten sich beyde
Vor den Wagen, und sie freuete sich ihres Gespanns.
Aber nun ruhen sie traurig; der neue geflügelte Kater
Schnurrt überall, und ihn nennet Venedig Patron.

XXI.

Emsig wallet der Pilger! Und wird er den Heiligen finden?
Hören und sehen den Mann, welcher die Wunder gethan?
Nein, es führte die Zeit ihn hinweg: du findest nur Reste,
Seinen Schedel, ein Paar seiner Gebeine verwahrt.
Pilgrime sind wir Alle, die wir Italien suchen;
Nur ein zerstreutes Gebein ehren wir gläubig und froh.

XXII.

Jupiter Pluvius, heut erscheinst du ein freundlicher Dämon;
Denn ein vielfach Geschenk gibst du in Einem Moment:
Gibst Venedig zu trinken, dem Lande grünendes
Wachsthum;
Manches kleine Gedicht gibst du dem Büchelchen hier.

XXIII.

Gieße nur, tränke nur fort die rothbemäntelten Frösche,
Wäss're das durstende Land, daß es uns Broccoli schickt.
Nur durchwässer' mir nicht dies Büchlein; es sey mir ein
Fläschchen
Reinen Araks, und Punsch mache sich jeder nach Lust.

XXIV.

Sanct Johannes im Koth heißt jene Kirche; Venedig
Nenn' ich mit doppeltem Recht heute Sankt Markus im
Koth.

XXV.

Hast du Bajᴧ gesehn, so kennst du das Meer und die Fische.
Hier ist Venedig; du kennst nun auch den Pfuhl und den
Frosch.

XXVI.

Schlᴧfst du noch immer? Nur still, und laя mich ruhen;
erwach' ich,
Nun, was soll ich denn hier? Breit ist das Bette, doch leer.
Ist ьberall ja doch Sardinien, wo man allein schlᴧft;
Tibur, Freund, ьberall, wo dich die Liebliche weckt.

XXVII.

Alle Neun, sie winkten mir oft, ich meine die Musen;
Doch ich achtet' es nicht, hatte das Mᴧdchen im Schoя.
Nun verlieя ich mein Liebchen; mich haben die Musen
verlassen,
Und ich schielte, verwirrt, suchte nach Messer und Strick.
Doch von Gᴜttern ist voll der Olymp; du kamst mich zu
retten,
Langeweile! du bist Mutter der Musen gegrьяt.

XXVIII.

Welch ein Mᴧdchen ich wьnsche zu haben? Ihr fragt mich.
Ich hab' sie,
Wie ich sie wьnsche, das heiяt, dьnkt mich, mit Wenigem
Viel.

An dem Meere ging ich, und suchte mir Muscheln. In einer
Fand ich ein Perlchen; es bleibt nun mir am Herzen
verwahrt.

XXIX.

Vieles hab' ich versucht, gezeichnet, in Kupfer gestochen,
Oel gemahlt, in Thon hab' ich auch Manches gedruckt,
Unbeständig jedoch, und nichts gelernt noch geleistet;
Nur ein einzig Talent bracht' ich der Meisterschaft nah:
Deutsch zu schreiben. Und so verderb' ich unglьcklicher
Dichter
In dem schlechtesten Stoff leider nun Leben und Kunst.

XXX.

Schцne Kinder tragt ihr, und steht mit verdeckten
Gesichtern,
Bettelt: das heiяt, mit Macht reden ans mдnnliche Herz.
Jeder wьnscht sich ein Knдbchen, wie ihr das Dьrftige
zeiget,
Und ein Liebchen, wie man's unter dem Schleyer sich denkt.

XXXI.

Das ist dein eigenes Kind nicht, worauf du bettelst, und
rьhrst mich;
O, wie rьhrt mich erst die, die mir mein eigenes bringt!

XXXII.

Warum leckst du dein Mäulchen, indem du mir eilig begegnest?
Wohl, dein Züngelchen sagt mir, wie gesprächig es sey.

XXXIII.

Sämmtliche Künste lernt und treibet der Deutsche; zu jeder
Zeigt er ein schönes Talent, wenn er sie ernstlich ergreift.
Eine Kunst nur treibt er, und will sie nicht lernen, die
Dichtkunst.
Darum pfuscht er auch so; Freunde, wir haben's erlebt.

XXXIV. a)

Oft erklärt ihr euch als Freunde des Dichters, ihr Götter!
Gebt ihm auch, was er bedarf! Mäßiges braucht er, doch viel:
Erstlich freundliche Wohnung, dann leidlich zu essen, zu
trinken
Gut; der Deutsche versteht sich auf den Nektar, wie ihr.
Dann geziemende Kleidung und Freunde, vertraulich zu
schwatzen;
Dann ein Liebchen des Nachts, das ihn von Herzen begehrt.
Diese fünf natürlichen Dinge verlang' ich vor Allem.
Gebet mir ferner dazu Sprachen, die alten und neu'n,
Daß ich der Völker Gewerb' und ihre Geschichten vernehme;
Gebt mir ein reines Gefühl, was sie in Künsten gethan.
Ansehn gebt mir im Volke, verschafft bey Mächtigen
Einfluß,
Oder was sonst noch bequem unter den Menschen
erscheint;
Gut - schon dank' ich euch, Götter; ihr habt den

glьcklichsten Menschen
Ehstens fertig: denn ihr gцnntet das Meiste mir schon.

XXXIV. b)

Klein ist unter den Fьrsten Germaniens freylich der meine;
Kurz und schmal ist sein Land, mдяig nur, was er vermag.
Aber so wende nach innen, so wende nach auяen die Krдfte
Jeder; da wдr's ein Fest, Deutscher mit Deutschen zu seyn.
Doch was priesest du Ihn, den Thaten und Werke
verkьnden?
Und bestochen erschien deine Verehrung vielleicht;
Denn mir hat er gegeben, was Groяe selten gewдhren,
Neigung, Muяe, Vertraun, Felder und Garten und Haus.
Niemand braucht' ich zu danken als ihm, und Manches
bedurft' ich,
Der ich mich auf den Erwerb schlecht, als ein Dichter,
verstand.
Hat mich Europa gelobt, was hat mir Europa gegeben?
Nichts! Ich habe, wie schwer! meine Gedichte bezahlt.
Deutschland ahmte mich nach, und Frankreich mochte
mich lesen.
England! freundlich empfingst du den zerrьtteten Gast.
Doch was fцrdert es mich, daя auch sogar der Chinese
Mahlet, mit дngstlicher Hand, Werthern und Lotten auf
Glas?
Niemals frug ein Kaiser nach mir, es hat sich kein Kцnig
Um mich bekьmmert, und Er war mir August und Mдzen.

XXXV.

Eines Menschen Leben, was ist's? Doch Tausende kцnnen
Reden ьber den Mann, was er und wie er's gethan.

Weniger ist ein Gedicht; doch können es Tausend genießen,
Tausende tadeln. Mein Freund, lebe nur, dichte nur fort!

XXXVI.

Müde war ich geworden, nur immer Gemählde zu sehen,
Herrliche Schätze der Kunst, wie sie Venedig bewahrt.
Denn auch dieser Genuß verlangt Erholung und Muße;
Nach lebendigem Reiz suchte mein schmachtender Blick.
Gauklerinn! da ersah ich in dir zu den Bübchen das Urbild.
Wie sie Johannes Bellin reizend mit Flügeln gemahlt,
Wie sie Paul Veronese mit Bechern dem Bräutigam sendet,
Dessen Gäste, getäuscht, Wasser genießen für Wein.

XXXVII.

Wie, von der künstlichsten Hand geschnitzt, das liebe
Figürchen,
Weich und ohne Gebein, wie die Moluska nur schwimmt!
Alles ist Glied, und Alles Gelenk, und Alles gefällig,
Alles nach Maßen gebaut, Alles nach Willkür bewegt.
Menschen hab' ich gekannt, und Thiere, so Vögel als Fische,
Manches besondre Gewürm, Wunder der großen Natur;
Und doch staun' ich dich an, Bettine, liebliches Wunder,
Die du Alles zugleich bist, und ein Engel dazu.

XXXVIII.

Kehre nicht, liebliches Kind, die Beinchen hinauf zu dem
Himmel;
Jupiter sieht dich, der Schalk, und Ganymed ist besorgt.

XXXIX.

Wende die Füßchen zum Himmel nur ohne Sorge! Wir strecken
Arme betend empor; aber nicht schuldlos, wie du.

XL.

Seitwärts neigt sich dein Hälschen. Ist das ein Wunder? Es träget
Oft dich Ganze; du bist leicht, nur dem Hälschen zu schwer.
Mir ist sie gar nicht zuwider die schiefe Stellung des Köpfchens;
Unter schönerer Last beugte kein Nacken sich je.

XLI.

So verwirret mit dumpf willkürlich verwebten Gestalten,
Höllisch und trübe gesinnt, Breughel den schwankenden Blick;
So zerrüttet auch Dürer mit apokalyptischen Bildern,
Menschen und Grillen zugleich, unser gesundes Gehirn;
So erreget ein Dichter, von Sphinxen, Sirenen, Centauren
Singend mit Macht Neugier in dem verwunderten Ohr;
So beweget ein Traum den Sorglichen, wenn er zu greifen,
Vorwärts glaubet zu gehn, Alles veränderlich schwebt:
So verwirrt uns Bettine, die holden Glieder verwechselnd;
Doch erfreut sie uns gleich, wenn sie die Sohlen betritt.

XLII.

Gern überschreit' ich die Gränze, mit breiter Kreide gezogen.
Macht sie Bottegha, das Kind, drängt sie mich artig zurück.

XLIII.

"Ach! mit diesen Seelen, was macht er? Jesus Maria!
Bündelchen Wäsche sind das, wie man zum Brunnen sie
trägt.
Wahrlich, sie fällt! Ich halt' es nicht aus! Komm, gehn wir!
Wie zierlich!
Sieh nur, wie steht sie! wie leicht! Alles mit Lächeln und
Lust!"
Altes Weib, du bewunderst mit Recht Bettinen; du scheinst
mir
Jünger zu werden und schön, da dich mein Liebling erfreut.

XLIV.

Alles seh' ich so gerne von dir; doch seh' ich am liebsten,
Wenn der Vater behend über dich selber dich wirft,
Du dich im Schwung überschlägst und, nach dem
tödtlichen Sprunge,
Wieder stehest und läufst, eben ob nichts wär' geschehn.

XLV.

Schon entrunzelt sich jedes Gesicht; die Furchen der Mühe,
Sorgen und Armuth fliehn, Glückliche glaubt man zu sehn.
Dir erweicht sich der Schiffer, und klopft dir die Wange; der
Seckel
Thut sich dir kärglich zwar, aber er thut sich doch auf,

Und der Bewohner Venedigs entfaltet den Mantel, und reicht dir,
Eben als flehtest du laut bey den Mirakeln Antons,
Bey des Herrn fünf Wunden, dem Herzen der seligsten Jungfrau,
Bey der feurigen Qual, welche die Seelen durchfegt.
Jeder kleine Knabe, der Schiffer, der Höke, der Bettler
Drängt sich, und freut sich bey dir, daß er ein Kind ist, wie du.

XLVI.

Dichten ist ein lustig Metier; nur find' ich es theuer:
Wie dies Büchlein mir wächst, gehn die Zechinen mir fort.

XLVII.

"Welch ein Wahnsinn ergriff die Müßigen? Hältst du nicht inne?
Wird dies Mädchen ein Buch? Stimme was Klügeres an!"
Wartet, ich singe die Könige bald, die Großen der Erde,
Wenn ich ihr Handwerk einst besser begreife, wie jetzt.
Doch Bettinnen sing' ich indeß; denn Gaukler und Dichter
Sind gar nahe verwandt, suchen und finden sich gern.

XLVIII.

Böcke, zur Linken mit euch! so ordnet künftig der Richter:
Und ihr Schäfchen, ihr sollt ruhig zur Rechten mir stehn!
Wohl! Doch eines ist noch von ihm zu hoffen; dann sagt er:
Seyd, Vernünftige, mir grad' gegenüber gestellt!

XLIX.

Wißt ihr, wie ich gewiß zu Hunderten euch Epigramme
Fertige? Führet mich nur weit von der Liebsten hinweg!

L.

Alle Freyheits=Apostel, sie waren mir immer zuwider;
Willkür suchte doch nur Jeder am Ende für sich.
Willst du Viele befreyn, so wag' es Vielen zu dienen.
Wie gefährlich das sey; willst du es wissen? Versuch's!

LI.

Könige wollen das Gute, die Demagogen desgleichen,
Sagt man; doch irren sie sich: Menschen, ach, sind sie, wie
wir.
Nie gelingt es der Menge, für sich zu wollen; wir wissens:
Doch wer verstehet, für uns Alle zu wollen; Er zeig's.

LII.

Jeglichen Schwärmer schlagt mir an's Kreuz im dreyßigsten
Jahre;
Kennt er nur einmal die Welt, wird der Betrogne der Schelm.

LIII.

Frankreichs traurig Geschick, die Großen mögen's
bedenken;

Aber bedenken fürwahr sollen es Kleine noch mehr.
Große gingen zu Grunde: doch wer beschützte die Menge
Gegen die Menge? Da war Menge der Menge Tyrann.

LIV.

Tolle Zeiten hab' ich erlebt, und hab' nicht ermangelt,
Selbst auch thöricht zu seyn, wie es die Zeit mir gebot.

LV.

Sage, thun wir nicht recht? Wir müssen den Pöbel betrügen.
Sieh nur, wie ungeschickt, sieh nur, wie wild er sich zeigt!
Ungeschickt und wild sind alle rohen Betrognen;
Seyd nur redlich, und so führt ihn zum Menschlichen an.

LVI.

Fürsten prägen so oft auf kaum versilbertes Kupfer
Ihr bedeutendes Bild; lange betrügt sich das Volk.
Schwärmer prägen den Stempel des Geist's auf Lügen und
Unsinn;
Wem der Probierstein fehlt, hält sie für redliches Gold.

LVII.

Jene Menschen sind toll, so sagt ihr von heftigen Sprechern,
Die wir in Frankreich laut hören auf Straßen und Markt.
Mir auch scheinen sie toll; doch redet ein Toller in Freyheit
Weise Sprüche, wenn, ach! Weisheit im Sklaven verstummt.

LVIII.

Lange haben die Groяen der Franzen Sprache gesprochen,
Halb nur geachtet den Mann, dem sie vom Munde nicht
floя.
Nun lallt alles Volk entzьckt die Sprache der Franken.
Zьrnet, Mдchtige, nicht! Was ihr verlangtet, geschieht.

LIX.

"Seyd doch nicht so frech, Epigramme!" Warum nicht? Wir
sind nur
Ueberschriften; die Welt hat die Kapitel des Buchs.

LX.

Wie dem hohen Apostel ein Tuch voll Thiere gezeigt ward,
Rein und unrein, zeigt, Lieber, das Bьchlein sich dir.

LXI.

Ein Epigramm, ob wohl es gut sey? Kannst du's
entscheiden?
Weiя man doch eben nicht stets, was er sich dachte, der
Schalk.

LXII.

Um so gemeiner es ist, und nдher dem Neide, der Miяgunst;
Um so mehr begreifst du das Gedichtchen gewiя.

LXIII.

Chloe schwuret, sie liebt mich; ich glaub's nicht. Aber sie
liebt dich!
Sagt mir ein Kenner. Schon gut; glaubt' ich's, da war es
vorbey.

LXIV.

Niemand liebst du, und mich, Philarchos liebst du so heftig.
Ist denn kein anderer Weg, mich zu bezwingen, als der?

LXV.

Ist denn so gross das Geheimniss, was Gott und der Mensch
und die Welt sey?
Nein! Doch Niemand hurt's gerne; da bleibt es geheim.

LXVI.

Vieles kann ich ertragen. Die meisten beschwerlichen Dinge
Duld' ich mit ruhigem Muth, wie es ein Gott mir gebeut.
Wenige sind mir jedoch wie Gift und Schlange zuwider;
Viere: Rauch des Tabacks, Wanzen und Knoblauch und Ж

LXVII.

Langst schon hatt' ich euch gern von jenen Thierchen
gesprochen,
Die so zierlich und schnell fahren dahin und daher.

Schlängelchen scheinen sie gleich, doch viergefüßet; sie laufen,
Kriechen und schleichen, und leicht schleppen die Schwänzchen sie nach.
Seht, hier sind sie! und hier! Nun sind sie verschwunden!
Wo sind sie?
Welche Ritze, welch Kraut nahm die Entfliehenden auf?
Wollt ihr mir's künftig erlauben, so nenn' ich die Thierchen Lacerten;
Denn ich brauche sie noch oft als gefälliges Bild.

LXVIII.

Wer Lacerten gesehn, der kann sich die zierlichen Mädchen
Denken, die über den Platz fahren dahin und daher.
Schnell und beweglich sind sie, und gleiten, stehen und schwatzen,
Und es rauscht das Gewand hinter den Eilenden drein.
Sieh, hier ist sie! und hier! Verlierst du sie einmal, so suchst du
Sie vergebens; so bald kommt sie nicht wieder hervor.
Wenn du aber die Winkel nicht scheust, nicht Gäßchen und Treppchen,
Folg' ihr, wie sie dich lockt, in die Spelunke hinein!

LXIX.

Was Spelunke nun sey, verlangt ihr zu wissen? Da wird ja
Fast zum Lexikon dies epigrammatische Buch.
Dunkele Häuser sind's in engen Gäßchen; zum Kaffee
Führt dich die Schöne, und sie zeigt sich geschäftig, nicht du.

LXX.

Zwey der feinsten Lacerten, sie hielten sich immer
zusammen;
Eine beynahe zu groß, eine beynahe zu klein.
Siehst du Beyde zusammen, so wird die Wahl dir
unmöglich;
Jede besonders, sie schien einzig die Schönste zu seyn.

LXXI.

Heilige Leute, sagt man, sie wollten besonders dem Sünder
Und der Sünderin wohl. Geht's mir doch eben auch so.

LXXII.

Wär' ich ein häusliches Weib, und hätte, was ich bedürfte,
Treu seyn wollt' ich und froh, herzen und küssen den
Mann.
So sang, unter andern gemeinen Liedern, ein Dirnchen
Mir in Venedig, und nie hört' ich ein frömmer Gebet.

LXXIII.

Wundern kann es mich nicht, daß Menschen die Hunde so
lieben,
Denn ein erbärmlicher Schuft ist, wie der Mensch, so der
Hund.

LXXIV.

Frech wohl bin ich geworden; es ist kein; Wunder, Ihr
Götter,
Wißt, und wißt nicht allein, daß ich auch fromm bin und
treu.

LXXV.

Hast du nicht gute Gesellschaft gesehn? Es zeigt uns dein
Büchlein
Fast nur Gaukler und Volk, ja was noch niedriger ist.
Gute Gesellschaft hab' ich gesehn, man nennt sie die gute,
Wenn sie zum kleinsten Gedicht keine Gelegenheit gibt.

LXXVI.

Was mit mir das Schicksal gewollt? Es wäre verwegen,
Das zu fragen; denn meist will es mit Vielen nicht viel.
Einen Dichter zu bilden, die Absicht wär' ihm gelungen,
Hätte die Sprache sich nicht unüberwindlich gezeigt.

LXXVII.

Mit Botanik gibst du dich ab? mit Optik? Was thust du?
Ist es nicht schönrer Gewinn, rühren ein zärtliches Herz?
Ach, die zärtlichen Herzen! Ein Pfuscher vermag sie zu
rühren;
Sey es mein einziges Glück, dich zu berühren, Natur!

LXXVIII.

Weiß hat Newton gemacht aus allen Farben. Gar Manches
Hat er euch weis gemacht, das ihr ein Sekulum glaubt.

LXXIX.

"Alles erklärt sich wohl," so sagt mir ein Schüler, "aus jenen
Theorien, die uns weislich der Meister gelehrt."
Habt ihr einmal das Kreuz von Holze tüchtig gezimmert,
Passt ein lebendiger Leib freylich zur Strafe daran.

LXXX.

Wenn auf beschwerlichen Reisen ein Jüngling zur Liebsten
sich windet,
Hab' er dies Büchlein; es ist reizend und tröstlich zugleich.
Und erwartet dereinst ein Mädchen den Liebsten, sie halte
Dieses Büchlein, und nur, kommt er, so werfe sie's weg.

LXXXI.

Gleich den Winken des Mädchens, des eilenden, welche
verstohlen
Im Vorbeygehn nur freundlich mir streifet den Arm,
So vergönnt, ihr Musen, dem Reisenden kleine Gedichte:
O, behaltet dem Freund größere Gunst noch bevor!

LXXXII.

Wenn, in Wolken und Dьnste verhьllt, die Sonne nur trьbe
Stunden sendet; wie still wandeln die Pfade wir fort!
Drдnget Regen den Wandrer! wie ist uns des lдndlichen
Daches
Schirm willkommen! Wie sanft ruht sich's in stьrmischer
Nacht!
Aber die Gцttinn kehret zurьck! Schnell scheuche die Nebel
Von der Stirne hinweg! Gleiche der Mutter Natur!

LXXXIII.

Willst du mit reinem Gefьhl der Liebe Freuden genieяen,
O, laя Frechheit und Ernst ferne vom Herzen dir seyn.
Dйtitet will Amorn verjagen, und tdtetяt gedenkt ihn zu
fesseln;
Beyden das Gegentheil lдchelt der schelmische Gott.

LXXXIV.

Gцttlicher Morpheus, umsonst bewegst du die lieblichen
Mohne;
Bleibt das Auge doch wach, wenn mir es Amor nicht
schlieяt.

LXXXV.

Liebe flцяest du ein, und Begier; ich fьhl' es, und brenne.
Liebenswьrdige, nun flцяe Vertrauen mir ein!

LXXXVI.

Ha! ich kenne dich, Amor, so gut als einer! Da bringst du
Deine Fackel, und sie leuchtet im Dunkel uns vor.
Aber du führest uns bald verworrene Pfade; wir brauchten
Deine Fackel erst recht, ach! und die falsche erlischt.

LXXXVII.

Eine einzige Nacht an deinem Herzen! - Das Andre
Gibt sich. Es trennet uns noch Amor in Nebel und Nacht.
Ja, ich erlebe den Morgen, an dem Aurora die Freunde
Busen an Busen belauscht, Phöbus, der Frühe, sie weckt.

LXXXVIII.

Ist es dir Ernst, so zaudre nun länger nicht; mache mich
glücklich!
Wolltest du scherzen? Es sey, Liebchen, des Scherzes genug!

LXXXIX.

Daß ich schweige, verdrießt dich? Was soll ich reden? Du
merkest
Auf der Seufzer, des Blicks leise Beredsamkeit nicht.
Eine Göttinn vermag der Lippe Siegel zu lösen;
Nur Aurora, sie weckt einst dir am Busen mich auf.
Ja, dann töne mein Hymnus den frühen Göttern entgegen,
Wie das Memnonische Bild lieblich Geheimnisse sang.

XC.

Welch ein lustiges Spiel! Es windet am Faden die Scheibe,
Die von der Hand entfloh, eilig sich wieder herauf!
Seht, so schein' ich Herz, bald dieser Schönen, bald jener
Zuzuwerfen; doch gleich kehrt es im Fluge zurück.

XCI.

O, wie achtet' ich sonst auf alle Zeiten des Jahres;
Grüßte den kommenden Lenz, sehnte dem Herbste mich
nach!
Aber nun ist nicht Sommer noch Winter, seit mich
Beglückten
Amors Fittig bedeckt, ewiger Frühling umschwebt.

XCII.

Sage, wie lebst du? Ich lebe! und wären hundert und
hundert
Jahre dem Menschen gegönnt, wünscht' ich mir morgen,
wie heut.

XCIII.

Güter, wie soll ich euch danken! Ihr habt mir Alles
gegeben,
Was der Mensch sich erfleht; nur in der Regel fast nichts.

XCIV.

In der Dämmerung des Morgens den höchsten Gipfel
erklimmen,
Frühe den Botes des Tags grüßen, dich, freundlichen Stern!
Ungeduldig die Blicke der Himmelsfürstinn erwarten,
Wonne des Jünglings, wie oft locktest du Nachts mich
heraus!
Nun erscheint ihr mir, Boten des Tags, ihr himmlischen
Augen
Meiner Geliebten, und stets kommt mir die Sonne zu früh.

XCV.

Du erstaunest, und zeigst mir das Meer; es scheinet zu
brennen.
Wie bewegt sich die Fluth flammend um's nächtliche Schiff!
Mich verwundert es nicht, das Meer gebar Aphroditen,
Und entsprang nicht aus ihr uns eine Flamme, der Sohn?

XCVI.

Glänzen sah ich das Meer, und blinken die liebliche Welle;
Frisch mit günstigem Wind zogen die Segel dahin.
Keine Sehnsucht fühlte mein Herz; es wendete rückwärts,
Nach dem Schnee des Gebirgs, bald sich der schmachtende
Blick.
Südwärts liegen der Schätze, wie viel! Doch einer im Norden
Zieht, ein großer Magnet, unwiderstehlich zurück.

XCVII.

Ach! mein Mädchen verreis't! Sie steigt zu Schiffe! - Mein
König,
Aeolus! mächtiger Fürst! halte die Stürme zurück!
Thörichter! ruft mir der Gott: befürchte nicht wüthende
Stürme:
Fürchte den Hauch, wenn sanft Amor die Flügel bewegt!

XCVIII.

Arm und kleiderlos war, als ich sie geworben, das Mädchen;
Damals gefiel sie mir nackt, wie sie mir jetzt noch gefällt.

XCIX.

Oftmals hab' ich geirrt, und habe mich wieder gefunden,
Aber glücklicher nie; nun ist dies Mädchen mein Glück!
Ist auch dieses ein Irrthum, so schont mich, ihr klügeren
Götter,
Und benehmt mir ihn erst drüben am kalten Gestad.

C.

Traurig, Midas, war dein Geschick: in bebenden Händen
Fühltest du, hungriger Greis, schwere verwandelte Kost.
Mir, im ähnlichen Fall, geht's lust'ger; denn was ich berühre,
Wird mir unter der Hand gleich ein behendes Gedicht.
Holde Musen, ich sträube mich nicht; nur daß ihr mein
Liebchen,
Drück' ich es fest an die Brust, nicht mir zum Mährchen
verkehrt?

CI.

Ach, mein Hals ist ein wenig geschwollen! so sagte die Beste
Aengstlich. - Stille, mein Kind! still! und vernehme das
Wort:
Dich hat die Hand der Venus berührt; sie deutet die leise,
Daß sie das Körperchen bald, ach! unaufhaltsam verstellt.
Bald verdirbt sie die schlanke Gestalt, die zierlichen
Brüstchen.
Alles schwillt nun; es paßt nirgends das neuste Gewand.
Sey nur ruhig! es deutet die fallende Blüthe dem Gärtner,
Daß die liebliche Frucht schwellend im Herbste gedeiht.

CII.

Wonniglich ist's, die Geliebte verlangend im Arme zu halten,
Wenn ihr klopfendes Herz Liebe zuerst dir gesteht.
Wonniglicher, das Pochen des Neulebendigen fühlen,
Das in dem lieblichen Schoß immer sich nährend bewegt.
Schon versucht es die Sprünge der raschen Jugend; es
klopfet
Ungeduldig schon an, sehnt sich nach himmlischem Licht.
Harre noch wenige Tage! Auf allen Pfaden des Lebens
Führen die Horen dich streng, wie es das Schicksal gebeut.
Widerfahre dir, was dir auch will, du wachsender Jüngling -
Liebe bildete dich; werde dir Liebe zu Theil!

CIII.

Und so tändelt' ich mir, von allen Freunden geschieden,
In der neptunischen Stadt Tage wie Stunden hinweg.
Alles, was ich erfuhr, ich würzt' es mit süßer Erinn'rung,

Wьrzt' es mit Hoffnung; sie sind lieblichste Wьrzen der Welt.

CIV.

Sauber hat du dein Volck erlцst durch Wunder und Leiden
Nazarener! Wohin soll es dein Hдufchen, wohin?
Leben sollen sie doch und Kinder zeugen doch christlich,
Leider dem frьheren Reiz dienet die schдdliche Hand.
Will der Jьngling dem Uebel entgehn, sich selbst nicht
verderben,
Bringet Lais ihm nur brennende Quaalen fьr Lust.
Komm noch einmal herab du Gott der Schцpfung und leide,
Komm, erlцse dein Volck von dem gedoppelten Weh!
Thu ein Wunder und rein'ge die Quellen der Freud und des
Lebens
Paulus will ich dir seyn, Stephanus wie du's gebeutst.

CV.

Heraus mit dem Theile des Herrn! heraus mit dem Theile des
Gottes!
Rief ein unglьcklich Geschцpf blind fьr hysterischer Wuth,
Als, die heiligen Reste Grьndonnerstag Abends zu zeigen,
In Sanct Markus ein Schelm ьber der Bьhne sich wies.
Armes Mдdchen was soll dir ein Theil des gekreuzigten
Gottes?
Rufe den heilsamern Theil jenes von Lampsacus her.

CVI.

Wundern kann es mich nicht daя unser Herr Christus mit

<Dirnen>
Gern und mit Sьndern gelebt, gehts mir doch eben auch so.

CVII.

"Warum willst du den Christen des Glaubens selige Wonne
Grausam rauben?" Nicht ich, niemand vermag es zu thun.
Steht doch deutlich geschrieben: die Heyden toben
vergeblich.
Seht, ich erfыlle die Schrift, lest und erbaut euch an mir.

CVIII.

Krebse mit nacktem Hintern, die leere Muscheln sich
suchten,
Sie bewohnen und sie wдhnen ihr eigenes Haus,
Sind mir seltne Geschцpfe, sie sind so klug als bedыrftig;
Manches kam mir in Sinn, als ich am Ufer sie sah.
Christ und Mensch ist eins! Sagt Lavater! Richtig! Die
Christen
Decken die nackende Schaam weislich mit
Menschenvernunft.

CIX.

In ein Puppenspiel hatt' ich mich Knabe verliebet,
Lange zog es mich an biя ich es endlich zerschlug.
So griff Lavater iung nach der gekreuzigten Puppe.
Herz' er betrogen sie noch wenn ihm der Athem entgeht!

CX.

Gtutttetnt schreibt er, das glaub ich, die Menschen mьssen
wohl gut seyn
Die das alberne Zeug lesen und glauben an ihn.
Wtetitstetnt denckt er zu schreiben, die Weisen mag ich
nicht kennen:
Ist das Weisheit, bey Gott, bin ich mit Freuden ein Thor.

CXI.

Dich betrьgt der Staatsmann, der Pfaffe, der Lehrer der
Sitten,
Und dieя Kleeblatt wie tief betest du Пцbel es an.
Leider lдяt sich noch kaum was rechtes denken und sagen
Das nicht grimmig den Staat, Gцtter und Sitten verlezt.

CXII.

Was auch Helden gethan, was Kluge gelehrt, es verachtet's
Wдhnender christlicher Stolz neben den Wundern des
Herrn.
Und doch schmьckt er sich selbst und seinen nackten
Erlцser
Mit dem besten heraus was uns der Heide verlies.
So versammelt der Pfaffe die edlen leuchtenden Kerzen
Um das gestempelte Brod das er zum Gott sich geweiht.

CXIII.

Viele folgten dir glдubig und haben des irdischen Lebens

Rechte Wege verfehlt, wie es dir selber erging.
Folgen mag ich dir nicht; ich möchte dem Ende der Tage
Als ein vernünftiger Mann, als ein vergnügter mich nahn.
Heute gehorch ich dir doch und wähle den Pfad ins
Gebirge,
Diesmal schwärmst du wohl nicht, König der Juden leb
wohl.

CXIV.

Offen steht das Grab! Welch herrlich Wunder!
Auferstanden! - Wer's glaubt! Schelmen, ihr trugt ihn ja
weg.

CXV.

Was vom Kristenthum gilt, gilt von den Stoikern, freyen
Menschen geziemet es nicht Krist oder Stoiker seyn.

CXVI.

Juden und Heiden hinaus! so duldet der christliche
Schwärmer.
Christ und Heide verflucht! murmelt ein jüdischer Bart.
Mit den Christen an Spies und mit den Juden ins Feuer!
Singet ein türckisches Kind Christen und Juden zum Spott.
Welcher ist der klügste? Entscheide! Aber sind diese
Narren in deinem Palast, Gottheit, so geh ich vorbey.

CXVII.

Höllengespenster seyd ihr und keine Christen ihr Schreyer
Die ihr den lieblichen Schlaf mir von den Augen
verscheucht.
Warum macht der Pfaffe soviele tausend Gebärden
Und verscheuchet euch nicht wieder zur Hölle zurück?

CXVIII.

Wenn ein verständiger Koch ein artig Gastmal bereitet,
Mischt er unter die Kost vieles und vieles zugleich.
So genießet auch ihr dieß Büchlein und kaum unterscheidet
Alles ihr was ihr genießt. Nun es bekomm euch nur wohl.

CXIX.

Sagt, wem geb' ich dieß Büchlein? Der Fürstin die mirs
gegeben,
Die uns Italien noch jetzt in Germanien schafft.

CXX.

"Wagst du Deutsch zu schreiben unziemliche Sachen!" -
Mein Guter
Deutsch dem kleinen Bezirk leider ist griechisch der Welt.

CXXI.

Aus zu eklem Geschmack verbrannte Nauger Martialen.

Wirfst du das Silber hinweg, weil es nicht Gold ist? Pedant!

CXXII.

Mehr hat Horaz nicht gewollt, er fand es, weniger wollen
Kann man mit größerm Verdienst und man erhält auch
nicht das.

CXXIII.

Wie der Mensch das Pfuschen so liebt! Fast glaub ich dem
Mythus,
Der mir erzählet ich sey selbst ein verpfuschtes Geschöpf.

CXXIV.

Das gemeine lockt jeden: siehst du in Kürze von vielen
Etwas geschehen, sogleich dencke nur: dieß ist gemein.

CXXV.

Wären der Welt die Augen zu öffnen! - Das künnte
geschehen!
Besser du suchest dir selbst und du erfindest dein Theil.

CXXVI.

Helden herrlich zu seyn beschädigen tausende. Tadelt

Nicht den Dichter der auch wie ein Eroberer denkt.

CXXVII.

Wenn du schelten willst, so wolle kein Heiliger scheinen,
Denn ein rechtlicher Mann schweigt und verzeihet uns
gern.

CXXVIII.

Unglückselige Frösche die ihr Venedig bewohnet!
Springt ihr zum Wasser heraus, springt ihr auf hartes
Gestein.

CXXIX.

Einen zierlichen Käfig erblick ich, hinter dem Gitter
Regten sich emsig und rasch Mädchen des süßen Gesangs.
Mädchen wissen sonst nur uns zu ermüden, Venedig
Heil dir daß du sie auch uns zu erquicken ernährst.

CXXX.

Alle Weiber sind Waare, mehr oder weniger kostet
Sie den begierigen Mann der sich zum Handel entschließt.
Glücklich ist die Beständige die den Beständigen findet,
Einmal nur sich verkauft und auch nur einmal gekauft
wird.

CXXXI.

Hat dich Hymen geflohn? Hast du ihn gemieden? - Was sag ich?
Hymen! köstlich ist er, aber zu ernsthaft für mich.
Aus dem Ehbett darf man nicht schwatzen und Dichter sind schwatzhaft.
Freye Liebe sie läßt frey uns die Zunge, den Muth.

CXXXII.

Jungfer! ruf ich das Mädchen, ist, Jungfer, der Herr nicht zu Hause?
Aber sie hört nicht, der Ruf schlägt ihr am Ohr nicht an.

CXXXIII.

Vier gefällige Kinder hast du zum Glauben erzogen
Alter Gauckler und schickst nun sie zum Sammlen umher.
Meine Güter trag ich bey mir! so sagte der Weise,
Meine Güter, sagst du, hab ich mir selber gemacht.

CXXXIV.

Amerikanerinn nennst du das Töchterchen alter Phantaste,
Glücklicher! hast du sie nicht hier in Europa gemacht?

CXXXV.

Ich empfehle mich euch! Seyd wacker, sagst du und reichest

Mir das Tellerchen dar, lächelst und dankest gar schön.
Ach empfohlen bist du genug und warst du nur älter,
Wacker wollten wir seyn, wach bis zum Krähen des Hahns.

CXXXVI.

Zürnet nicht ihr Frauen das wir das Mädchen bewundern:
Ihr genießet des Nachts was sie am Abend erregt.

CXXXVII.

Was ich am meisten besorge: Bettina wird immer geschickter,
Immer beweglicher wird jegliches Gliedchen an ihr;
Endlich bringt sie das Züngelchen noch in zierliche
<Fützchen>
Spielt mit dem artigen Selbst, achtet die Männer nicht viel.

CXXXVIII.

Auszuspannen befiehlt der Vater die zierlichen Schenkel,
Kindisch der liebliche Theil <sinkt auf> den Teppich herab.
Ach wer einst zuerst dich liebet, er findet die Blüte
Schon verschwunden, sie nahm frühe das Handwerk
hinweg.

CXXXIX.

Caffü wollen wir trinken mein Fremder! - da meynt sie
branliren;
Hab ich doch, Freunde, mit Recht immer den Caffü gehast.

CXL.

Seyd ihr ein Fremder, mein Herr? bewohnt ihr Venedig? so
fragten
Zwey Lacerten die mich in die Spelunke gelockt.
Rathet! - Ihr seyd ein Franzos! ein Napolitaner! Sie
schwatzten
Hin und wieder und schnell schlürften sie Kaffe hinein.
Thun wir etwas! Sagte die Schönste, sie setzte die Tasse
Nieder, ich fühlte sogleich ihre geschäftige Hand.
Sacht ergriff ich und hielte sie fest; da streckte die zweyte
Zierliche Fingerchen aus und ich verwehrt es auch ihr.
Ach! es ist ein Fremder! so riefen sie beyde; sie scherzten
Baten Geschencke sich aus, die ich doch sparsam verlieh.
Drauf bezeichneten sie mir die entferntere Wohnung
Und zu dem wärmeren Spiel spätere Stunden der Nacht.
Kannten diese Geschöpfe sogleich den Fremden am Weigern,
O so wißt ihr warum blaß der Venetier schleicht.

CXLI.

Gieb mir statt "Der <Schwanz>" ein ander Wort o Priapus
Denn ich Deutscher ich bin übel als Dichter geplagt.
Griechisch nenn ich dich Phallos, das klänge doch prächtig
den Ohren,
Und lateinisch ist auch Mentula leidlich ein Wort.
Mentula käme von Mens, der <Schwanz> ist etwas von
hinten,
Und nach hinten war mir niemals ein froher Genuß.

CXLII.

41

Camper der jüngere trug in Rom die Lehre des Vaters
Von den Thieren uns vor wie die Natur sie erschuf,
Bäuche nahm und gab, dann Hälse, Pfoten und Schwänze.
Alles gebrochenes Deutsch so wie geerbter Begriff.
Endlich sagt' er: "Vierfüßiges Thier wir haben's vollendet
Und es bleibet uns nur, Freunde, das Vögeln zurück!"
Armer Camper du hast ihn gebüßt den Irrthum der Sprache,
Denn acht Tage darnach lagst du und schlucktest Merkur.

CXLIII.

Knaben liebt ich wohl auch, doch lieber sind mir die
Mädchen,
Hab ich als Mädchen sie satt, dient sie als Knabe mir noch.

CXLIV.

Köstliche Ringe besitz ich! Gegrabne fürtreffliche Steine
Hoher Gedanken und Styls fasset ein lauteres Gold.
Theurer bezahlt man die Ringe geschmückt mit feurigen
Steinen,
Blinken hast du sie oft über dem Spieltisch gesehn.
Aber ein Ringelchen kenn ich, das hat sich anders
gewaschen,
Das Hans Carvel einmal traurig im Alter besas.
Unklug schob er den kleinsten der zehen Finger ins
Ringchen,
Nur der gröste gehört, würdig, der eilfte, hinein.

CXLV.

Alle sagen mir, Kind, daß du mich betriegest,
O betriege mich nur immer und immer so fort.

CXLVI.

Welche Hoffnung ich habe? Nur eine die heut mich
beschäftigt,
Morgen mein Liebchen zu sehn das ich acht Tage nicht sah.

CXLVII.

Alles was ihr wollt, ich bin euch wie immer gewärtig
Freunde, doch leider allein schlafen, ich halt es nicht aus.

CXLVIII.

Nackend willst du nicht neben mir liegen, du süße Geliebte,
Schamhaft hältst du dich noch mir im Gewande verhüllt.
Sag mir: begehr ich dein Kleid? begehr ich den lieblichen
Körper?
Nun, die Schaam ist ein Kleid! zwischen Verliebten hinweg!

CXLIX.

Lange sucht ich ein Weib mir, ich suchte, da fand ich nur
Dirnen,
Endlich erhascht ich dich mir Dirnchen, da fand ich ein
Weib.

CL.

Eine Liebe wünscht ich und konnte sie niemals gewinnen.
Wünschen läßt sich noch wohl, aber verdienen nicht gleich.

CLI.

Fürchte nicht, liebliches Mädchen, die Schlange die dir
begegnet!
Eva kannte sie schon, frage den Pfarrer mein Kind.

CLII.

Ob erfüllt sey was Moses und was die Propheten gesprochen
An dem heiligen Christ, Freunde, das weiß ich nicht recht.
Aber das weiß ich: erfüllt sind Wünsche, Sehnsucht und
Träume,
Wenn das liebliche Kind süß mir am Busen entschläft.

CLIII.

Weit und schön ist die Welt, doch o wie dank ich dem
Himmel
Daß ein Gärtchen beschränkt, zierlich mein eigen gehört.
Bringet mich wieder nach Hause! was hat ein Gärtner zu
reisen?
Ehre bringt's ihm und Glück, wenn er sein Gärtchen
versorgt.

CLIV.

Ach! sie neiget das Haupt die holde Knospe, wer gießet
Eilig erquickendes Naß neben die Wurzel ihr hin?
Daß sie froh sich entfalte, die schönen Stunden der Blüthe
Nicht zu frühe vergehn, endlich auch reife die Frucht.
Aber auch mir - mir sinket das Haupt von Sorgen und
Mühe.
Liebes Mädchen! Ein Glas schäumenden Weines herbei.

CLV.

In dem engsten der Gäßchen es drängte sich kaum durch die
Mauern
Saß mir ein Mädchen im Weg als ich Venedig durchlief.
Sie war reizend, der Ort, ich ließ mich Fremder verführen
Ach ein weiter Canal that sich dem Forschenden auf.
Hättest du Mädchen wie deine Canäle Venedig und
<Fützchen>
Wie die Gäßchen in dir, wärst du die herrlichste Stadt.

CLVI.

Ein ander Handwerck und doch wer möchte dich nicht hier
am Strande sehen

CLVII.

Laß die Quellen die <trocknen> und suche die Quelle
Lieblich fließt sie im Thal die Quelle der Liebe
Dürstend lehnt sich der Wanderer zu seiten der Quelle

Löscht die brennende Qual und eilt gestärckt
<Danckbar> weiter zum Ziel und segnet die Quelle

CLVIII.

Glücklich wer einst dich genießt wenn du das Wachsthum
vollendet dem du die Schenckelchen zart über den Körper
legst

CLIX.

Was ist oben was unten an dir was vorne was hinten?
Voller Gefahr scheint jede Bewegung Sorge
Und so zierlich du's machst wünscht die Gefahr man erneut.

CLX.

Wär ich ein Mahler mit lauter Bettinen
Wollt ich den Himmel mit lauter Bettinen bevölckern

CLXI.

Wär ich ein Maler du solltest als Engelchen überall seyn

CLXII.

Ach wie herzt' ich den Knaben den lieben sittlichen Eros
Heute war er der Sohn der himmelgebohrenen Göttin

Drьckt ihn sanft an mein Herz und wir vermischten die
Thrᴧnen

CLXIII.

Aus zu gutem Geschmack verbrennst du, Nauger,
Martialen,
Lieber Nauger dein Gedicht leider verbrᴧnnte Catull.

CLXIV.

Einst wendeten <im verdrus> die Grazien sich nach Norden
Schaudernd kamen durch schnee die zierlichen <Dirnen>
Eine Thьre fanden sie offen, sie eilten und wollten
Sich der Gastfreundschaft erfreuen
<Truncken> tritt ein Mann in die Thьre: wer seyd ihr
Fort riss er <...> <Schleyer> mit h<...> nicht auf
Bitter ist Schnee uns, doch bittrer der Anblick des Mannes

CLXV.

Meister der Schalckheit ihr alte verruchte verwegene Heiden
Schildert die Buben

CLXVI.

Ungern brauch ich meinen Gedichten die anderen Sprachen.
Wдre es sicher! so arm sieht sie <anmaялich>
Aber bald wird mirs unmиglich, ich habe der Distichen
viele,
Manches sagt ich noch nicht weil es die Sylbe verbot.
Wenn du es Leser erlaubst, so brauch ich manchmal ein
Wиrtchen
Deutscher Leser erlaube mir nun bey fremden zu
Du verstehst <ja> doch alle Sprachen geschickt
Fremde Sprachen verstehst du, o deutscher Leser, in einem
Kleinen Gedichte verstehst du wohl auch ein fremdes Wort.

CLXVII.

So fьhrt der Tonkьnstler uns durch viele Tиne biя er uns
wieder zurьck mit dem Grundton befriedigt

CLXVIII.

Was ich geschrieben habe das hab ich vertraulich den
<Deutschen>
Hingelegt und nun steht es die ewige Zeit.

Manches hab ich gefehlt in meinem Leben, doch keinen
Hab ich belistet.

CLXIX.

So seht nur wie gefᴀhrlich es ist <unser> Bьchlein zu lesen

CLXX.

Immer glaubt ich gut<mьthig> von anderen etwas zu
lernen,
Vierzig Jahr war ich alt, da mich der Irrthum verlieя.
Thцricht war ich immer daя andre zu lehren ich glaubte
Lehre jeden du selbst, Schicksal, wie er es bedarf.

CLXXI.

Leben hab ich gelernt, fristet mir Gцtter die Zeit.

CLXXII.

Achte hatt ich gesetzt, nun ist die ̶t̶n̶t̶e̶t̶u̶t̶n̶t̶e̶t̶ gezogen
Sieh wie nah ich schon war, immer flieht mich die Zahl.
Und so klagen die Menschen, die sich dem Zufall vertrauen
<Jeder schaffe sein Glьck aber es kostet auch Kraft!>

CLXXIII.

Zum Erdulden ists gut ein Krist zu seyn nicht zu
<wancken>
Und so machte sich auch diese Lehre zuerst <ein kristlicher
Schwɑrmer>

CLXXIV.

Thυrig war es ein Brod zu vergotten wir beten doch alle
Unser tɑglich Brod gib uns <heut.>

CLXXV.

Pfaffe mυcht ich seyn im Glauben und Gυtter verzehren
Die ich mit eigener Hand <einmal> mir tɑglich erzeugt
Pilger mυcht ich seyn und glauben daя Schritte nach
Schritten
Der v <[unausgefьhrt]>
Nur nicht Lavater seyn und Sinn mit Unsinn vermischen
Denn so glauben das heiяt sьndgen am heiligen Geist

CLXXVI.

Stiften die Christen mit Heil viel unheil so stiften die
Bьchlein
Heidnisch durch Unheil viel Heil. Aber noch eile dich nicht,
Laя mich erst noch hienieden, es kann die Barcke passiren
Nimmt sie mich diesmal schon mit, nun so leb wohl in die
Welt.

CLXXVII.

Was ist Reisen? ist fröhlich<es> Leben

CLXXVIII.

Sagen wir doch Zitrone, es ist ein fremdes Gewächs
Und die <Lacerte> sie wächst neben der <Alge> nicht leicht

CLXXIX.

Brachtet ihr iene Löwen hierher vom großen Pireus
Uns zu zeigen daß hier eben Pireus nicht sey.

CLXXX.

Immer hab ich dich heilige Sonne mit Freude verehret
Wenn du aus trübem Gewölck oder nach Nebel mir kamst,
Niemals aber so fröhlich als im Venetischen <Pfule>
Wenn du nach Regen erscheinst freudig die Gondel dir
dampft.

CLXXXI.

Masten stehen gedrängt an Masten, es trocknet die Segel
In dem Sonnenschein ruhig der Schiffer an dem Gestade der
Stadt.
Deine Paläste zeigen sich hier du edles Venedig
Alles verschwindet dem Blicke Bettine wenn du kleine
Tische und Leuchter besteigst und Masten und zwischen

Hin <...>
Du Bettina dich zeigst alles verschwindet dem Blick

www.ingramcontent.com/pod-product-compliance
Lightning Source LLC
Chambersburg PA
CBHW021236260626
47172CB00002B/786